读一页书　舔一口蜜

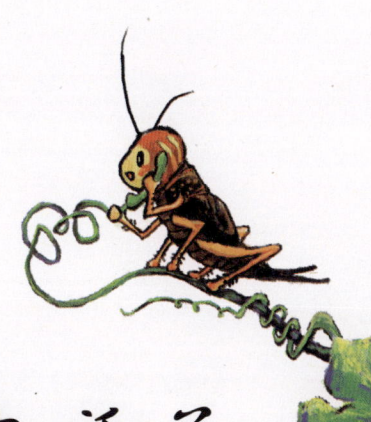

蟋蟀来电话了

（韩）姜小泉 著 薛舟 译

浙江文艺出版社

北京读蜜文化传媒有限公司
策划

序

孩子都爱读的诗,我也爱读

金 波

时序进入秋天,园林里反而热闹起来。在千声万籁之中,唯独那蟋蟀的叫声引我谛听。蟋蟀虽然总是藏在繁花密草之中,但它的歌声纯净嘹亮,显示着一种生命的力量。蟋蟀不仅伴我度过童年,而且一直到现在,我已进入老年之际,它的叫声仍给我带来许多爽气清氛的韵味。我就是在蟋蟀的鸣叫声中,开始读起一本《蟋蟀来电话了》的诗集的。

最近几年,儿童诗的创作和出版有些回暖。孩子们喜欢读诗,也喜欢写诗。不少的杂志设了专栏,专门发表孩子们的诗。在这大好的环境和气氛下,又读到了韩国诗人姜小泉的诗集《蟋蟀来电话了》,自然是喜上加喜。

读这本诗集的时候,正是深秋时节,又逢淅淅沥沥地下起了小雨。一场秋雨一场寒。然而,当我读起姜小泉的儿童诗时,刚读了几首,就有融融的暖意在心里漾着,对他的诗也有了一种亲近感。及至多读了一些,便感受到了诗人鲜明的个人印记,这就是澄澈深切。

他的诗显示着诗人的特异敏感，诗的触角伸向孩子们点点滴滴的生活细节中。他理解孩子们的举手投足、喜怒哀乐。他不会刻意蹲下来，故作姿态地写，他的每一首诗，都是发自内心深处的自然流露。

他的诗，题材丰富，经过他心灵化的抒写，一切都变得更鲜活美丽。他观察孩子的生活，欣赏大自然的万千气象，会发现浓郁的诗情画意。诗人发而为诗，自然流畅，汩汩而来，似乎不求自得。

从他的诗中可看出，他在孩子们中间，和孩子一样，是个好奇心很强的人。他兴致勃勃地和孩子们在一起，纤芥毕见，他会邀请蜻蜓"坐一会儿再走吧"；可以面对蝴蝶说"春天的蝴蝶啊／坐上美丽的花朵／休息一会儿再跳吧"；他喜欢画画，画"房子、院子和花园／还有屋前的白杨树／井边成群的小鸡／统统搬到画纸上"。

可是，无比嘈杂的
蝉鸣声
我们又该怎么画呢

"画声音"，这是多么丰富的奇思妙想啊！

他的发现，他的想象，就是他的创造，创造充满诗意的生活。

他的诗，就是孩子们生活的读本，给孩子们快乐、智慧、想象力、洞察的眼力和丰富的感情。

读这本诗集，可以让心静下来，学会沉下心来读一首小诗。我们的目光游走于字里行间，情感变得更加细腻。学会读诗，就是学会感受，感受诗意，感受诗美。

诗作为语言的艺术，除了感受语言的凝炼，还感受作为诗的音乐美。我在默默地读这些短诗的时候,会常常听到诗背后的声音,那是大自然的千声万籁,那是亲情之间的互致情缘。诗给了我们歌声,给了我们音乐。我想这是诗里蕴含的音乐,是诗人的感情之流留下的声音。这不仅是文字的诗,也是歌唱的诗。

在这本诗集里,你会读到大量的可以谱曲演唱的诗。你看这首问答体的《风》:

——喂,你今天
干什么去了

——我?我在路边
玩风车了

——那,你今天
干什么去了

——我在天上
放风筝了

——喂,今天晚上
你要干什么

——我要去树林
好好睡一觉

——我也要
早点儿睡觉了

——哎呀，好困啊
——哎呀，腿好疼

这首写孩子和风的诗，用的是干干净净的短语，用了问答式，在一问一答中，推动了情节的发展。诗人还用了拟人、拟声、排比、反复等手法，使这些诗可以读出来，也可唱出来，它们是"歌诗"。

读这本《蟋蟀来电话了》的时候，我常常在想：我虽然早已不再是个孩子了，但我也爱读这些诗。我可以和孩子们一样，无论是静静地默念，还是大声地朗诵，这些诗可以引领我回归童年，细致地体验生活，发现生活中的美。还有，我可以像孩子那样，学习诗意地品味生活。姜小泉的诗，跨越国界、跨越年龄，给孩子们和我送来诗意的陪伴。

我还要补充说一说。这本诗集的译文，浅近上口，那种亲切的语调，如同孩子发自内心的话语，流利轻松，像呼吸一样自然。还有，这是一本"美绘诗集"，整体上显示出"诗中有画，画中有诗"的美，增添了读诗的趣味。姜小泉的诗，第一次在中国译介出版，做得这么好，编辑用了心。

代为序。

金波

2019年秋，于北京

目录
Contents

序 孩子都爱读的诗，我也爱读 _ 001

第一辑 自然篇 001
小蜗牛的贝雷帽

鹿角 003
鸡 004
蚯蚓 005
山兔 006
长颈鹿 007
小猫 008
蜗牛 009
半枝莲和向日葵 010
喇叭花 011
木槿花 013
蚂蚁和饼干 014
金鱼 015
南瓜 016

南瓜花灯笼 017
蝴蝶 018
一对春蝴蝶 019
春之歌 020
春风 022
蜻蜓 024
风 026
春天的消息 028
三月 029
唱歌的春天 030
夏天 033
彩虹 034
骆驼 035

白杨树 036	初冬 042
夏夜 037	霜花 043
秋天的院子 038	下雪的日子 044
秋风 040	

第二辑 游戏篇 047
小小的天空

电车游戏 049	田野和山 060
火车游戏 050	快乐的暑假 061
跷跷板 051	兜风 062
我们去看海 052	秋夜 063
小花点和存折 054	风车 064
小小的天空 055	孩子和蝴蝶 066
小纸船 056	画画 068
悄悄话 057	秋千 070
捉迷藏 058	折纸 071

捉知了 072
打雪仗 074
小雪人 075

雪人 076
山坡路 078
寒假 079

第三辑 童梦篇 081
蜡笔的悄悄话

地图 083
毛毛雨 084
星星国 085
柳树的果实 086
梧桐树上结铃铛 087
回声 088
两个天空 089
蜡笔的悄悄话 090
小鸡上学 091
电灯和小星星 092
蟋蟀来电话了 094
陀螺 096

夏夜的梦 097
海浪 098
大海 099
星星 101
云团 102

空水缸 103
影子和我 104
月夜 107

秋天的电线 108
玉兔 109
谁把我画进这幅画 111

第四辑 成长篇 113
一颗星星一个我

蒲公英 115
一颗星星一个我 116
小树 118
小树长大了 119
树木和我 120
日记 121
白云和乌云 122
晨钟 123
早晨早起 124
圣诞快乐 127
圣诞钟声 128
圣诞礼物 130

兴夫和诺夫 131
花园 132
美丽的花朵，美丽的鸟 133
睡懒觉 134
什么样的味道飘过来 135
今年 136
新日记本 139
仰望太阳 140
长一岁 142
画中的孩子 144
我的名字 145

第五辑 亲情篇 147
妈妈星爸爸星

笑 149

牛妈妈 150

小牛犊 151

蝉鸣 152

柳笛 153

妈妈星爸爸星 154

风筝 155

新年礼物 156

心灵之钟 157

快乐的家 158

致妈妈 159

野草莓 160

肥皂泡 161

爷爷和菊花 162

桔梗花和百合花 163

一年级 164

银杏树下 165

我的故乡 166

梦的故事 167

雪夜 168

呼吸 172

娃娃的摇篮曲 173

摇篮曲 174

译后记　泉眼无声惜细流　薛舟 177

编者补记 187

听诗指引 188

第一辑 自然篇

小蜗牛的贝雷帽

鹿角

小鹿啊,小鹿啊
你的角什么时候发芽

小鹿啊,小鹿啊
你的角什么时候开花

鸡

嘴里含上一口水
抬头看一眼天空

嘴里再含一口水
抬头看一眼云彩

蚯蚓

紫色的胶带
独自
变长又缩短

活的胶带
掉在路边
却没有人捡

山兔

兔子啊,山里的兔子
到了冬天你吃什么呀
白雪皑皑你吃什么呀

冬天来了也不用担心
爸爸妈妈早就准备了
丰富而又美味的食物

长颈鹿

长颈鹿啊,长颈鹿
请你把头低一低
我想带着你参观我们的城市

长颈鹿啊,长颈鹿
请你轻轻趴下来
我想给你的长脖子系上围巾

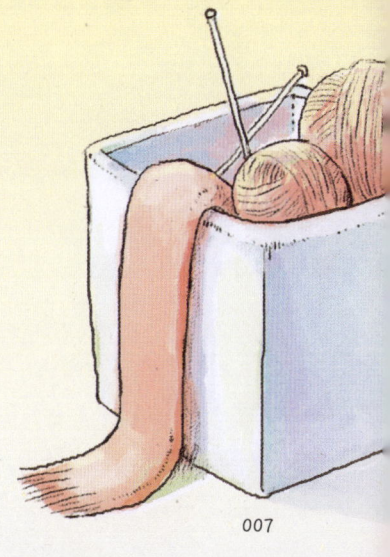

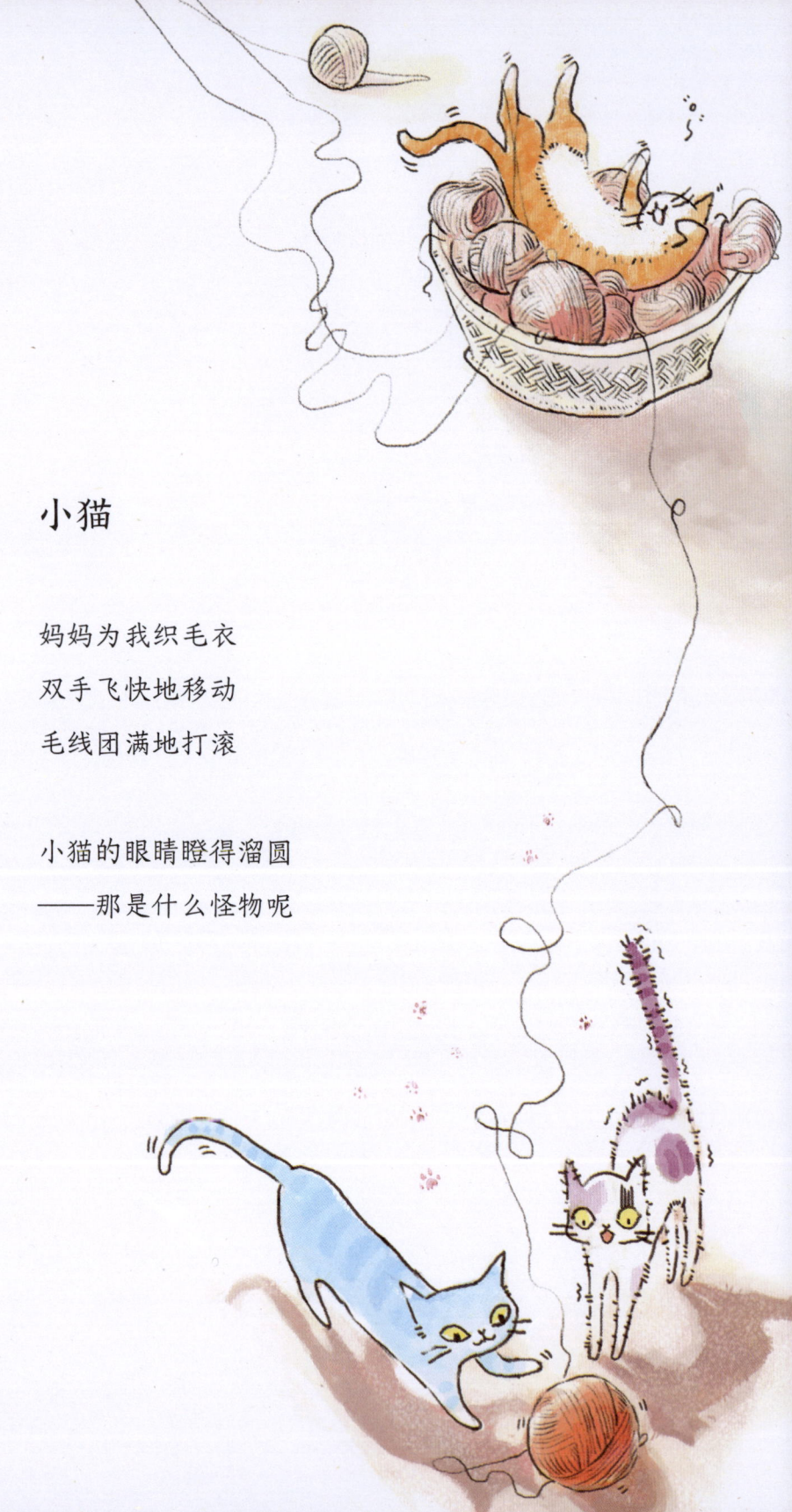

小猫

妈妈为我织毛衣
双手飞快地移动
毛线团满地打滚

小猫的眼睛瞪得溜圆
——那是什么怪物呢

蜗牛

脑袋那么小
竟然还长角
蜗牛啊
你都没法戴帽子

那么漂亮的贝雷帽
扔了多可惜
干脆放在背上
背着走来走去

半枝莲和向日葵

墙那边是什么
小个子半枝莲问向日葵

向日葵告诉半枝莲
吉普走过,巴士开过
还有牵着妈妈手的孩子

哪有吉普车?我也想看看
哪有巴士?我也想坐坐
喇叭花爬到了围墙的那边

喇叭花

1
红的花,蓝的花
喇叭花你追我赶地盛开

每天早晨我都当裁判:
"今天获胜的是蓝色花。"

2

七朵红花

八朵蓝花

喇叭花

每天早晨都增加

像我的日记本里

快乐也越来越多

这个夏天

你要开几朵

每天放学

我都会数一数

我也会翻开日记

数一数我的快乐

木槿花

我呀，我是木槿花的蜜蜂
唱着鲜花盛开的歌谣
从一朵花飞向另一朵花
我是小小的木槿花蜜蜂

我呀，我是木槿花的蝴蝶
跳着鲜花盛开的舞蹈
从一朵花飞向另一朵花
我是小小的木槿花蝴蝶

明明听见了我们的歌声
可爱的木槿花为什么不开放
因为刺骨的寒风太恐怖
可爱的木槿花无力盛开

蚂蚁和饼干

一块饼干掉落在路边
蚂蚁们纷纷围拢过来
前边的用力拖,嗨哟
后边的使劲推,嗨哟

一块饼干掉落在路边
一点点被拖进蚂蚁窝
前边的用力拖,嗨哟
后边的使劲推,嗨哟

金鱼

鱼缸里的金鱼
忽大忽小
鱼缸,鱼缸是
提在手里的
放大镜

金鱼的尾巴
摇摇摆摆
尾巴,尾巴是
迎风招展的
小旗子

南瓜

南瓜光溜溜
不知道害羞

露出肚脐眼
也不会脸红

南瓜花灯笼

南瓜花,采来做什么
做什么
为我宝宝做个小灯笼
做灯笼

萤火虫,抓来干什么
干什么
宝宝的灯笼里点蜡烛
点蜡烛

蝴蝶

蝴蝶呀蝴蝶,你要飞去哪儿
你翩翩飞舞要去哪儿
快来吧,快来吧,跟我玩耍

蝴蝶呀蝴蝶,你去找花吗
你翩翩飞舞要去找花吗
快来吧,快来吧,我们捉迷藏

一对春蝴蝶

一对春蝴蝶,听云雀唱歌
一对春蝴蝶,翩翩在舞蹈

蒲公英在微笑
白头翁在招手

一对春蝴蝶,飞过百花园
一对春蝴蝶,唱歌做游戏

春天的蝴蝶啊
坐上美丽的花朵
休息一会儿再跳吧

你藏我来找
找到再躲藏

春天的蝴蝶啊
收起翅膀坐下吧
休息好了继续飞

春之歌

冬天洁白的衣角
才刚刚翻过远山
春天的车轮声已悄然接近

春天来了
山鸟们叽叽喳喳
吵醒了树木的梦

白头翁,蒲公英
你追我赶地盛开
短短的草尖摇头晃脑

扎根的声音,抽芽的声音
长叶的声音,开花的声音
春天的歌声挤满整个村庄

只要躺在草地上
享受春光的照耀
春天就会走进我心里

春风

走在路上
会扬起尘土

走进院子
会抖落
衣服沾满的泥土

进入后院
会摇晃
美丽的花朵

进入房间

会乱翻书页

尽管看不懂

调皮的春风啊

真像我的哥哥

蜻蜓

一只红蜻蜓
飞到树枝尖

——坐会儿再走吧
——不行

——坐会儿再走吧
——不行

——坐会儿……
——哎呀,都说不行啦

想坐不能坐
坐都不能坐

那只红蜻蜓
飞去别处了

风

——喂,你今天
干什么去了

——我?我在路边
玩风车了

——那,你今天
干什么去了

——我在天上
放风筝了

——喂，今天晚上
你要干什么

——我要去树林
好好睡一觉

——我也要
早点儿睡觉了

——哎呀，好困啊
——哎呀，腿好疼

春天的消息

静静地
侧耳倾听
遥远的山谷里
雪在融化,哗哗

静静地
侧耳倾听
树林里田野里
草在发芽,沙沙

静静地
侧耳倾听
村庄里学校里
我们在茁壮长大

三月

静静地侧耳倾听吧
遥远的山谷里
雪在哗哗哗地融化

静静地侧耳倾听吧
树林里草地上
花草树木嗖嗖地抽芽

唱歌的春天

1

碧绿的原野上河影朦朦胧胧
花车走过原野,落英缤纷
木琴声和长笛声,还有鸟鸣
嘀哩哩,淙淙淙,嘀哩哩
叽叽喳,咕咕咕,唧哩唧哩
蝴蝶悠悠飞来,翩翩舞蹈

2

笑盈盈的原野上鲜花多美丽
兴冲冲的小牧童吹起柳笛
挖野菜的小姑娘歌声多动听
呢哪呢,哔哩哩,呢哪呢哪
啊哦啊,哔哩哩,啊哦啊哦
垂柳在河边,慢悠悠地跳舞

夏天

篱笆下的向日葵
转啊转啊睡着了
院子里的小花狗
赶着小鸡睡着了

蝴蝶蜜蜂嗡嗡嗡
采蜜采蜜采困了
只有蝉鸣
一天到晚唱不停

彩虹

1
七色的彩虹
多么美丽

拿来给妹妹做花衣
该有多漂亮

2
如果买来
圆规和蜡笔

你首先
要画什么

是不是像太阳那样
画一道七色的彩虹

骆驼

骆驼啊骆驼,我想问问你
骆驼啊骆驼,我想问问你
怎么走也走不完的大沙漠
你已经走了多少天多少夜
你的背上究竟驮的是什么

骆驼啊骆驼,我要告诉你
骆驼啊骆驼,我要告诉你
绿洲和海市蜃楼的故事
还有阿拉伯妙趣横生的
阿里巴巴和神灯的故事

白杨树

白杨
白杨
你还要再长多高
才能摸得到蓝天

群星闪闪的夏夜
我踮起脚尖举高手
还是够不到啊

白杨
白杨
你还要再长多高
才能摘下夜空的星星

夏夜

天上的星星
全都醒来的夜晚

星星似的萤火虫
在大地上捉迷藏

坐在院子里凉席上
听村中老人讲故事
扛着笤帚
追逐萤火虫

萤火虫翩翩飞
飞过牛棚屋顶

萤火虫飞走了
牛棚的屋顶上
开着洁白的葫芦花

秋天的院子

秋天的花朵
顶着寒霜盛开

菊花和波斯菊
变得更可爱了

屋后的红辣椒
美得像红花

小蜻蜓蹦蹦跳跳
飞过篱笆的荆条

屋顶上的南瓜像月亮
光溜溜,晒着太阳

秋日的天空蔚蓝又辽阔
秋日的田野金黄又广袤

我也甩开大步,伸开双臂
尽情呼吸秋日的清新空气

秋风

想摘没咧嘴的栗子
却又拽不动栗树枝
风,只好吹向村庄

晃得荆条上的蜻蜓摇摇欲坠
玩够了
风冲向远处的旷野

踩着低头的稻穗
爬上坡顶的谷子地
遇见睡午觉的稻草人

躲开赶鸟孩子的眼睛
看见啄食谷穗的麻雀
终于,终于风生气了

"稻草人,你不赶鸟
怎么大白天睡起了觉?
快快伸手赶跑小鸟啊。"

稻草人在秋风中醒来
挥舞双臂,驱逐小鸟
小鸟吓得纷纷飞走了

今天秋风做了好事
高高兴兴地回家了
摇头晃脑地回家了

初冬

刷牙的水
冻疼了牙
洗手的水
冻疼了手

然而炕头
总是很温暖

早饭和汤
总是很温暖

霜花

冬天的夜晚
霜花多美丽

玻璃窗上
画出天之花

寒冷的冬夜
我也能赏花

下雪的日子

鹅毛大雪悄悄飘落的日子
我们好像都变成了小花狗
踩着洁白的雪路走向远方
脚印也在身后紧紧跟随

鹅毛大雪悄悄飘落的日子
我们戴上白帽穿着白外套
每个走过洁白雪路的人
心里都像揣着一团热火

第二辑 游戏篇

小小的天空

电车游戏

电车来了,当当当
先下后上,排好队
剩下的请等下一班

电车飞跑,当当当
准备下车的乘客
请您提前站到前面

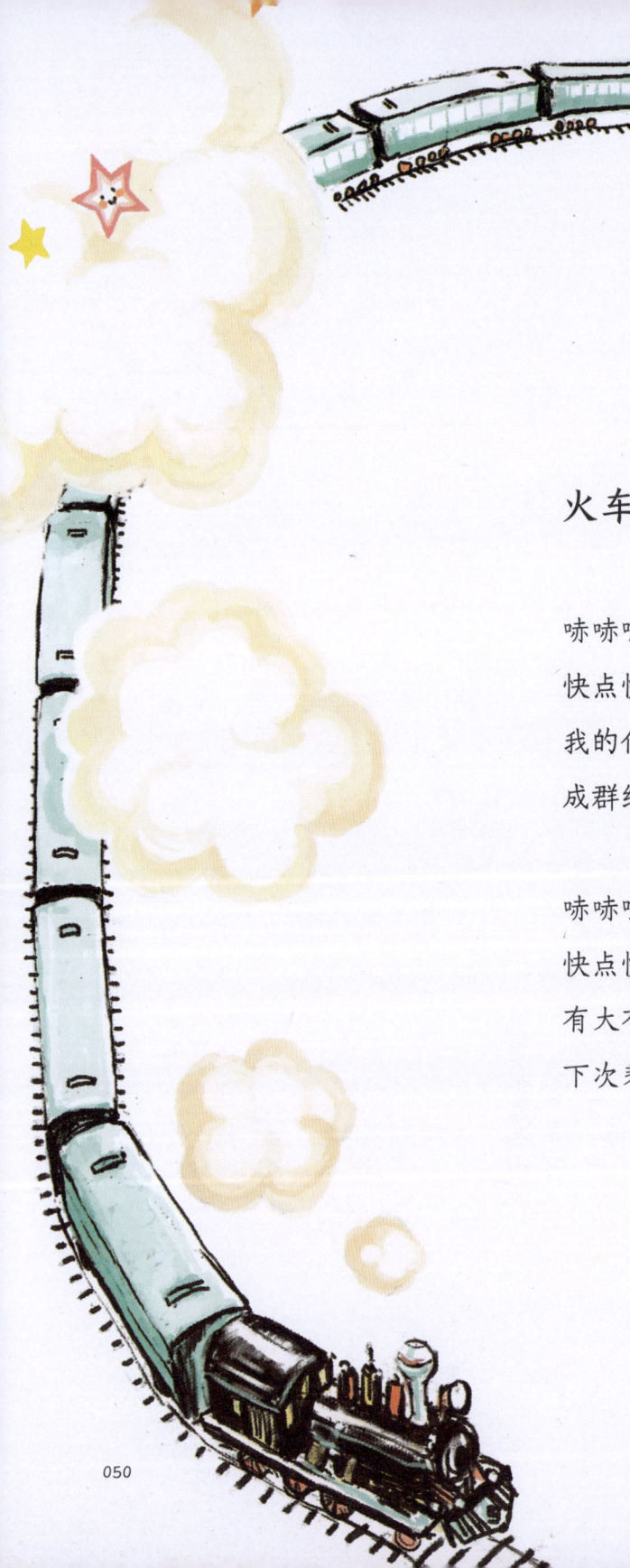

火车游戏

哧哧嘭嘭出发了
快点快点上车吧
我的伙伴笑嘻嘻
成群结队上车了

哧哧嘭嘭到站了
快点快点下车吧
有大有小的伙伴
下次乘车再见吧

跷跷板

跷跷板，跷一跷
升起来，落下去

我上来
你下去

我下去
你上来

跷跷板，跷一跷
升起来，落下去

你重吗
我重吗

你也重
我也重

我们去看海

看海去,看海去
我要去海鸥召唤的大海

扑通跳进碧蓝的海水
像鱼儿欢畅地游泳

累了就坐在沙滩上休息
晒着热烈的阳光堆城堡

看海去,看海去
我要去一想就凉快的大海

夏天的炎热让人不敢动
整个夏天我都要住在海边

小花点和存折

我们家
每人都有
一张存折
只有小花点
还没有存折

花点啊花点
你跟妈妈
要点儿钱
赶快办一张
存折吧

如果问你
姓什么叫什么
你就汪汪汪地
回答我姓金
我的名字叫花点

小小的天空

野菊花开,腌泡菜
洋槐花开,吃光光

妈妈和姐姐
抬出地窖里的空菜缸
放到雷雨阵阵的院中央

猜啊猜啊,猜不到
什么时候,什么人
会来填满
这个空荡荡的菜缸

是啊是啊
每当傍晚下起雷雨
雨水会把菜缸填满

圆圆的小小的天空
也飘浮着美丽的云

小纸船

折个小纸船
放进小溪里
写下我们的学校
和兄弟姐妹的名字

远处村庄的孩子们啊
在河边打水仗
看见我们的小纸船
请给我们写封信

悄悄话

我要去啊,去池塘
我去池塘,画圆圈

我要去啊,去花园
我去花园,亲花朵

我要去啊,去草地
因为想念那嫩绿的手

捉迷藏

藏啊藏啊快快快
藏啊藏啊快快快

萤火虫快快
藏进草丛里

  小星星快快
  藏进云彩里

  孩子们快快
  随便藏起来

      藏啊藏啊快快快
      藏啊藏啊快快快

      找啊找啊快快快
      找啊找啊快快快

萤火虫快快
熄灭你的灯

小星星快快
闭紧你眼睛

孩子们快快
屏住你呼吸

找啊找啊快快快
找啊找啊快快快

田野和山

我们一起去玩吧
去鲜花欢笑的田野
我们像蝴蝶那样
跳起欢快的舞蹈

我们一起去玩吧
去小鸟唱歌的山坡
我们像小鸟那样
唱着幸福的歌谣

快乐的暑假

八月在山里呼唤:
"这里有松树吹口哨。
这里有山鸟奏木琴。
伴奏多么美妙,
你们快来这里唱歌吧。"

八月在海上呼唤:
"这里有白浪的音乐。
这里有海鸥翩翩起舞。
倾听着庄严的交响乐,
尽情敞开你们的胸怀。"

走,我们上山去玩耍
快乐的暑假,让我们
陶醉在大自然的怀抱

走,我们下海去玩耍
快乐的暑假,让我们
游泳,打滚,陶醉吧

兜风

我们去枫叶美丽的山
我们去山鸟歌唱的山
如果冲着远处呼喊
山会传来嘹亮的回声

我们去菊花飘香的田野
我们去芦苇招手的田野
如果躺在草地上看天
田野会响起秋虫的歌声

秋夜

嘟嘟嘟，嘟嘟嘟
小蟋蟀，在读书

古老的故事
读得多流畅

"很久很久以前
有十二个好兄弟……"

越是往下读
故事越有趣

安静的秋夜
古老的故事
夜深了还在读

风车

滴溜溜滴溜溜
我的风车转得好
叼在嘴里
叼在嘴里使劲跑

转过胡同
走上大路
向着山坡
向着山坡使劲跑

舒展双臂

跑上白云飘飘的山坡

我多像一架飞机

风车的螺旋桨

向着天空

向着蔚蓝的天空

使劲地使劲地飞翔

孩子和蝴蝶

孩子来找了
蝴蝶呀,快飞吧

小花鞋追蝴蝶　　　　孩子气呼呼
脚步摇摇晃晃　　　　坐在草丛里

蝴蝶翩翩飞　　　　　"孩子啊,
"这也抓不到?"　　　我来帮你抓蝴蝶?"

　　　　　　　　　　路边的蒲公英
　　　　　　　　　　忍不住笑了

画画

1
我们画蔚蓝的大海
也画白帆船
还要画
飞过波涛的海鸥……

我们画海边的沙滩
画脱光衣服堆城堡的小哲
和小植……

画完了
可是蹦跳的孩子中
没有我,没有我

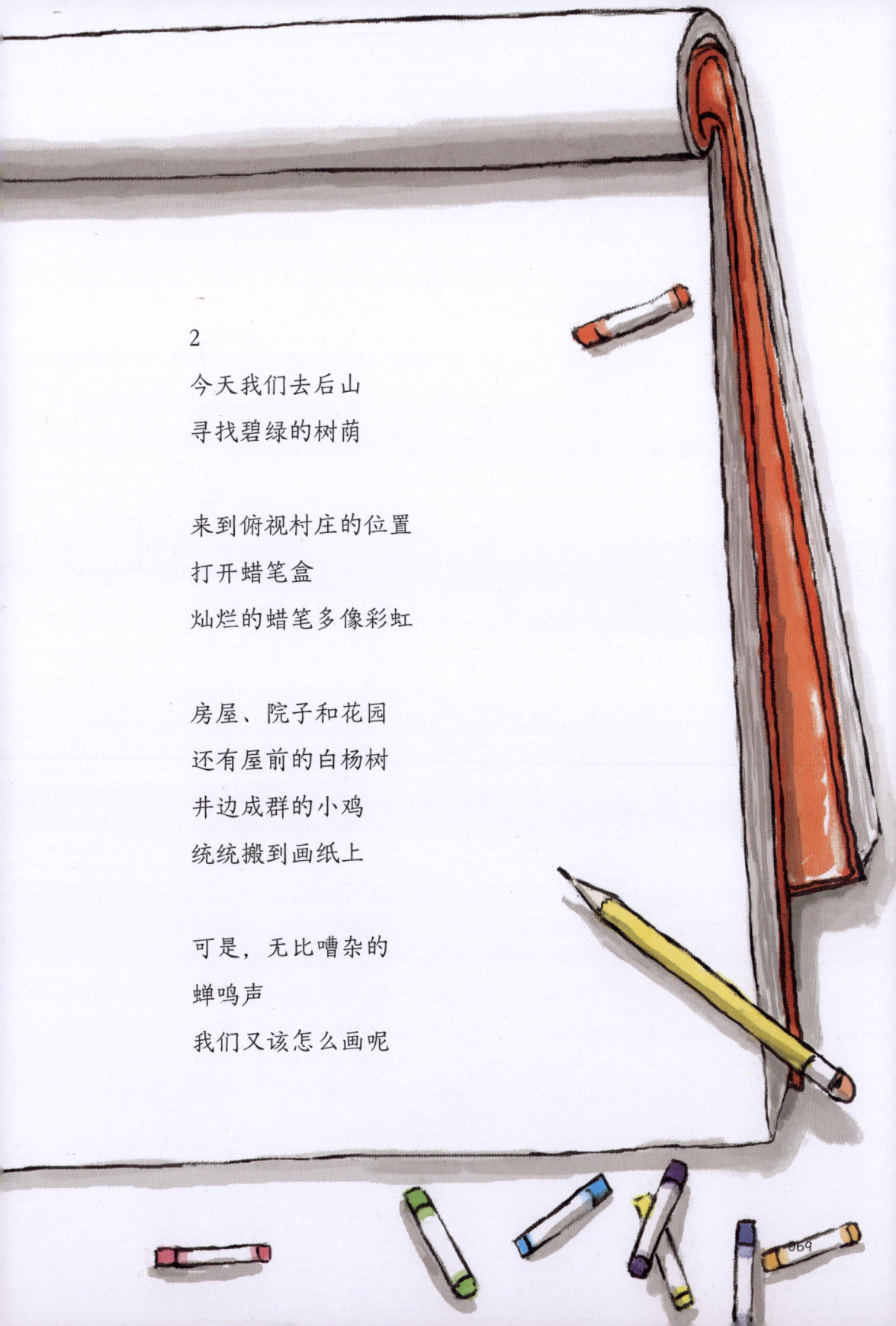

2
今天我们去后山
寻找碧绿的树荫

来到俯视村庄的位置
打开蜡笔盒
灿烂的蜡笔多像彩虹

房屋、院子和花园
还有屋前的白杨树
井边成群的小鸡
统统搬到画纸上

可是,无比嘈杂的
蝉鸣声
我们又该怎么画呢

秋千

荡秋千,像蝴蝶一样飞
呼啦啦往前飞
看见洁白的云朵蓝蓝的天

荡秋千,像燕子一样飞
呼啦啦往后飞
看见我们的学校和国旗

折纸

红红的红纸折什么
蓝蓝的蓝纸折什么

红红的红纸折红花
蓝蓝的蓝纸折小鸟

红花开,开在碧绿的田野
蓝鸟飞,飞向蔚蓝的天空

捉知了

静悄悄地走
脚步别出声
那边的树上
知了在清鸣

捉一个先给你
捉两个给宝宝
捉三个我也要
捉四个给伙伴

耳要清眼要明
知了住了嘴
不要跟过来
一个人就够了

你再换个地方
听听知了叫声
那边那棵树上
知了在清鸣

打雪仗

怕冷的孩子快来啊
快快跑到运动场
我们分边站队
打一场雪仗
团雪球,团雪球
快快扔出去
快快扔
我们胜利啦

打一场雪仗
寒冷都跑光
团啊,扔啊
努力去战斗
胜利的一方
雪人作奖赏

小雪人

寒冬腊月戴草帽的小雪人
鼻子歪歪,眉毛滑稽
你想不想照镜子啊小雪人

整天傻呆呆站着的小雪人
你总站在那里想什么呀
你想不想进屋里啊小雪人

雪人

1
雪人啊雪人
都过新年了
也不穿花衣

雪人啊雪人
饺子都没吃
白白长一岁

2
姐姐和我堆雪人
姐姐给它系上
妈妈做饭时穿的围裙
我给它戴上我的帽子

我给雪人取名
叫小厨师
姐姐给雪人取名
叫小美丽

山坡路

下雪的山坡路
道路很滑

老爷爷很害怕
不敢上山啦

伙伴们快来啊
一起玩雪橇吧

寒假

掰着手指数一数
寒假终于来到了

再来一遍
掰着手指数一数
马上就是快乐的圣诞

再来一遍
掰着手指数一数
然后是穿新衣拜新年

长长的寒假里
快乐的事情真多啊

第三辑 童梦篇

蜡笔的悄悄话

地图

天空是海洋
云彩是陆地

谁画出
这无名之国的地图

毛毛雨

毛毛雨淅淅沥沥
落在池塘
灵巧地画下
圆溜溜的同心圆

画完了又消失
消失了继续画
毛毛雨在池塘
玩水玩了一整天

星星国

星星国好像到了晚上
已经亮起闪烁的灯光

星星国好像刚刚熄灯
黑黑的什么也看不见

柳树的果实

柳树的果实什么样
当朝阳爬上东山
当夕阳落下西山
柳树结出麻雀一串串

柳树的果实会唱什么歌
当朝阳爬上东山
当夕阳落下西山
麻雀在树上叽叽喳喳地唱

梧桐树上结铃铛

我家的梧桐树上
挂着一串串铃铛

数不清的铃铛
谁也无法摇晃

傍晚微风吹拂
风在独自玩耍

（叮叮当……叮叮当……）

那么多的铃铛
够也够不到

我想爬树，担心树太滑
想扔石头又怕打破酱缸

——微风啊，微风
帮我摘个铃铛吧

你那里有那么多
请你帮我摘一个
啊，好吗？喂，好吗？

回声

我能遇见我自己
只有站在镜子前

哦,还有另一个办法
那不是用眼看的镜子
而是用耳朵听的镜子

我是你——(我是你——)
你是我——(你是我——)

回声
回声是声音的镜子
也是我心灵的镜子

两个天空

鱼缸里的金鱼以为
天花板是最高的天空
低矮的天花板,只要爸爸
踮起脚尖伸出手就能够到

我们爬上高山
看见辽远的蓝天
任凭我们怎么呼喊
声音也不会抵达
那片高高的天空

太阳升起来
月亮升起来
美丽的星星密密麻麻
啊,那才是我们的
高高的辽阔的天空

蜡笔的悄悄话

贤九买了新蜡笔
齐刷刷十二兄弟

蜡笔在书桌上的盒子里
叽叽喳喳地说着悄悄话

"我要画蔚蓝的天空!"
"我要画早晨的太阳!"
"我要画碧绿的森林!"

蓝色红色绿色的蜡笔
你一言我一语说不停

贤九睡得呼噜噜
蜡笔们整夜不肯睡
争吵着迎来了黎明

小鸡上学

院子里,小鸡学校开学了
母鸡老师转着圈圈来上课
小鸡们学习起来津津有味

语文课上学识字
母鸡老师大声喊
"高"字读成"咯咯嗒"

音乐课上学唱歌
小鸡张嘴把歌唱
哆来咪发叽叽叽

美术课上学画画
沙子上面画脚印
画完擦掉又重画

小鸡学校没黑板
小鸡学校没课本
小鸡学校真好玩

电灯和小星星

街上的电灯们
渴望升上天空

"如果我能上天
我想请满月
给我讲玉兔的故事……"

"如果我能上天
我想和小星星
玩捉迷藏的游戏……"

"如果我能上天
我想盖着白云
热乎乎地睡个通宵……"

街上的电灯们
羡慕天上的星星

天空啊，天空上不去
只好数着闪闪的星星

街上的电灯们
渴望变成天上的星星

天上的小星星
渴望落到人间

"如果我能落到人间
我想听美丽的女孩子
唱最动听的歌……"

"如果我能落到人间
我想去玩具店
买漂亮的洋娃娃……"

"如果我能落到人间
我想遇到
名字叫星的同龄孩子……"

天上的小星星
羡慕街上的电灯

人间啊，人间下不来
只好数着闪烁的电灯

天上的小星星
渴望变成街上的电灯

蟋蟀来电话了

丁零零……丁零零……

白天蟋蟀给南瓜爷爷
打电话

现在,南瓜爷爷
午觉睡得正香

丁零零……丁零零……

南瓜爷爷最爱睡午觉
因为他喜欢秋日的暖阳

——这个老头呀,耳朵聋了吗
——这个老头呀,电话坏了吗

丁零零……丁零零……

——对了!他今天
肯定又在睡午觉

丁零零……丁零零……

蟋蟀不停地不停地
拨响电话铃

丁零零……丁零零……

可是啊，南瓜爷爷的午觉
一直都没醒

陀螺

看着哥哥
抽陀螺
我忽然想到了
我们住的大地

——地球又是谁
抽打的陀螺?

夏夜的梦

海鸥每天呼啦啦
飞过蔚蓝的大海
晚上它会梦见什么?

贝壳每天在海底　　　　夏夜我也要做海的梦
紧紧地关着门　　　　　变成鸟儿飞过大海
晚上它会梦见什么　　　变成鱼儿在水中游泳

海浪

海浪是个鬼精灵
远远地推开
海边玩耍的孩子

海浪是个鬼精灵
悄悄地擦掉
海鸟画出的足迹

大海

海是淘米盆
沙子是大米

海在淘米
从早到晚

巨大的淘米盆
晃悠悠，晃悠悠

蔚蓝的淘米水
哗啦啦，哗啦啦

星星

我会不会也是一颗星星
我在无数的星星之中寻找
银河系的星群里有没有
一颗小小的星星也在找我

总有一天我也会被发现吗
独自站在旷野里
仰望夜空,招手示意
我在这儿啊
星星真的认不出这样的我吗
尽管如此,我的星星还是不怕千年万年地
寻找我吗
哪怕我已经离开这里
我的星星还会继续寻找我吗

云团

雨哗啦哗啦地下个不停
向日葵的头深深地垂下

因为没有太阳吗
不是的,因为下雨了
向日葵的脸怕痒痒

天空是大大的画册
云彩在天空中画画

"那是羊群!"
"那是兔子!"
"那是祖国的地图!"

云彩不停不歇
时时画出新画

空水缸

清清的水
倒满空缸
白云飘飘
在这休息

清清的水
倒满空缸
月亮嬉戏
照着镜子

影子和我

满月的夜晚在前院
影子和我有点无聊

影子站着发呆
我也站着发呆

影子变成了哑巴
跟它说话不回答

满月的夜晚在前院
我要和影子捉迷藏

影子也很喜欢
我们决定谁来藏

影子不想藏
我也不想藏

影子飞快地伸出手
因为我说石头剪刀布

——影子伸出了拳头
——我出的是"石头"

没有人胜利

也没有人失败

满月的夜晚在前院

影子又说石头剪刀布　　影子和我都很郁闷

因为我说石头剪刀布

——赶集的妈妈还没回来

——这次影子伸出了手掌　——到处都是狗的吠叫声

——这次我出的是"布"

影子真是胆小鬼

还是没有人胜利　　　　我也有点害怕了

还是没有人失败

月夜

月夜
满月的夜

月亮婆婆在我家
洁白的墙上画出

树木
和枝丫

秋天的电线

秋天的电线
是姐姐的风琴谱

每当燕子飞来
坐在电线上

风琴的曲调
总是在变换

秋天的电线
是姐姐的风琴谱

玉兔

每个月夜
你都会想念桂花树
静静地侧耳倾听
仿佛能听见捣药声
我知道你的耳朵
为什么要耸向天空

月亮沉下西山的早晨
你的双眼变得更红

你的心焦急如焚
渴望飞向高高的天空
不知不觉间
你已经学会了跳跃

玉兔啊,这样的夜晚
我也渴望带着你的梦
飞向遥远的遥远的天空

谁把我画进这幅画

雪光洁白
月光洁白

村庄像画
家也像画

雪光和蔼
月光和蔼

谁把我
画进这幅画

第四辑 成长篇

一颗星星一个我

蒲公英

路边的蒲公英身穿小黄褂
刚满周岁的宝贝也穿黄褂
蒲公英啊,你甜蜜地笑吧
宝贝啊,你也甜蜜地笑吧

路边的蒲公英身穿小黄褂
刚满周岁的宝贝也穿黄褂
宝贝啊,摇摇晃晃地走吧
蒲公英,你也摇晃着走啊

一颗星星一个我

一颗星星一个我
两颗星星两个我
天上星星多又多
没数一半睡着了

一颗星星一个我
两颗星星两个我
数啊数啊数不完
今天我又睡着了

小树

1
小树也在长大
像我们一样长大

小树也在长大
每一年长一岁

没有人知道它多大
只有小树自己知道

2
小树啊,小树啊
小树在慢慢长大

小树啊,小树啊
你的腿疼不疼啊

小树啊,小树啊
要不躺下睡觉吧

小树长大了

登山登山我们去登山
唱歌唱歌我们来唱歌
我们去看种下的小树
现在长到多大了

登山登山我们登上山顶
唱歌唱歌我们都来唱歌
去年种下的小树苗
已经悄悄地长高了

山上的小树在长高
村中的我们在长大
快快长成祖国的栋梁
春光也会和煦地照耀

树木和我

为了不把
年龄忘记
树木吃下年龄
吃一岁
画一圈

我没有画圆圈
我要留下日记

日记本里
写下我
每天的故事
看看长大后
会不会羞愧
会不会后悔

日记

走过沙滩
后面留下什么
走过雪地
后面留下什么
两行脚印
那是我的脚印

太阳下山
后面留下什么
一天过完
后面留下什么
一页日记
那是我的成长

白云和乌云

心情不好就去登山吧
仰望蓝天,仰望白云
谁在山那边、天空下
我好想快快翻越高山

风帆挂在白云乌云间
送我到天空下、山那边
我的心变成飘扬的帆
飞向月亮和星星的乐园

晨钟

美妙的钟声，清晨的钟声
飞到我的耳边

像蒲公英的种子随风飘撒
钟里面流出了清晨的钟声

钟声乘着清新的空气飞翔
飞入村庄，飞入千家万户

钟声穿过门缝
寻找坐的位置

美妙的钟声，清晨的钟声
飞到早醒的孩子的耳边

早晨早起

1
早晨一定要早早起床
比麻雀早,比太阳早
否则让屋檐下的麻雀
看见了,到处传扬说
这家的孩子是瞌睡虫
那可怎么办
太阳也透过千家万户的门缝
查看谁家里有瞌睡虫
早晨一定要早早起床

2
早晨起床,一定要问候
"爸爸,昨天睡得好吗?
妈妈,昨天睡得好吗?
姐姐,弟弟们,早上好!
母鸡,小鸡们,早上好!
花草树木们,早上好啊!"
早晨起床,一定要问候

3
问候完了，然后还要
把牙齿刷干净，再漱口
牙刷从左手换到右手
沙沙沙沙地刷牙又漱口
院子里的母鸡和小鸡
同样含着水仰望天空
它们都不刷牙
问候完了要刷牙漱口

4
刷牙结束，一定要洗手
捧起冷水让人精神抖擞
洗手，洗脸，
头发也要洗得干干又净净
没有水，也没有香皂
猫咪只能在房间里干洗
我们在脸盆里放满水
干干净净地洗手又洗脸

5
吃早饭时一定要安静
不要耍赖,不要挑食
好吃的东西不能只顾自己吃
也不能因为姐姐和哥哥
比自己多,就耍赖
否则
否则就不能算是乖孩子
花狗和黑狗也没有守着妈妈
亲昵地喝水吃饭啊
吃早饭时一定要安静

圣诞快乐

不同的语言
不同的风俗

不同肤色的脸孔
不同颜色的眼睛

每到这一天
问候都一样

每到这一天
人人都在说

"圣诞快乐!"
"圣诞快乐!"

"圣诞快乐!"
"圣诞快乐!"

圣诞钟声

圣诞钟声出发了
穿透黑暗
为我们
送来喜悦的消息

穿街走巷到村庄
寻找小孩子

来到山中茅草屋
寻找兔子

来到白雪茫茫的树林
寻找山鸟

圣诞钟声
出发了

圣诞礼物

如果圣诞老人的
礼物袋子
统统属于我
那该多好啊

不，不
圣诞礼物
要分得平均
因为还有那么多
比我贫穷的孩子

兴夫和诺夫

很久很久以前,一对兄弟叫兴夫和诺夫
心地善良的兴夫,为受伤的燕子治好了伤
得到一颗葫芦子,种在篱笆下
葫芦长大了,结出葫芦一个个
拉锯拉锯,不慌不忙锯开来
锯开一个有金子,锯开两个有银子

很久很久以前,一对兄弟叫兴夫和诺夫
居心不良的诺夫,故意打断了燕子的腿
他也得到葫芦子,种在篱笆下
葫芦长大了,结出葫芦一个个
拉锯拉锯,不慌不忙锯开来
锯开三个没金子,锯开四个没银子

花园

我的小小的花园里
花儿竞相开放
白色、红色、粉色和紫色……

太阳落山了
我给花园浇水
花木长得更旺盛

安静地坐着读书

那不也是
给心灵的花园浇水吗

现在花儿湿漉漉
晶莹的露珠当晚餐
我也趁着凉爽的傍晚
快快完成今天的功课

美丽的花朵,美丽的鸟

我们是美丽的花朵,盛开的花朵
永远欢笑的脸庞也是幸福的脸庞

皱起眉头好难看,太阳月亮会笑话
让我们永远欢笑,快快乐乐地长大

我们是美丽的鸟,唱歌的美丽鸟
永远清澈的心灵也是善良的心灵

要是吵架好难看,麻雀也会笑话
让我们叽叽喳喳,欢快地蹦跳吧

睡懒觉

太阳公公睡懒觉
早晨阴沉沉
时钟啊
你也睡懒觉吧
我也想，我也想
痛痛快快睡个够

小贤啊
小贤是个瞌睡虫
小贤是个睡虎子
所以是迟到大王

什么样的味道飘过来

工人爸爸的身上
飘来机油的油味

做饭的妈妈身上
飘来好闻的饭味

蝴蝶们
带来美丽的花香

梳妆台前的姐姐身上
飘来化妆品的香味

蜜蜂们
带来甜甜的蜂蜜味

熟睡的婴儿身上
飘来香喷喷的奶味

那么,那么,我呢
我又发出什么味道

那么,那么,我呢
我又发出什么味道

今年

1
今年……
请让我家的苹果树
结出第一枚果实

今年……
请让我家的大白兔
生下可爱的宝宝

今年……
请让我家的小花牛
长出漂亮的牛角

今年……
请让我平安度过
不和任何人打架

2
院子里的松树
今年几岁了
调皮的小花狗
今年几岁了
长角的小牛犊
今年几岁了

今年是胜利年
今年是自豪年
今年是欢乐年

今年我十岁
四年级上学期
班长和优等生

小松树
小花狗
小牛犊
请你们像我一样
不要虚度年华

3

今年
请让我拥有好玩、激动、快乐、喜悦的事
像阳光,像雨脚,随时随地陪伴在我身边

今年
请把羞愧、愤怒、悲伤、心情糟糕的事
扔进垃圾桶、下水道、河流,连同去年

今年
请让我和太阳、月亮、小鸟、鲜花
请让我和伙伴和素未谋面的小朋友
手拉手,肩并肩,踏着整齐的步伐
一起唱歌,一起跳舞,一起蹦跳
和和美美地生活,亲亲密密地生活

新日记本

我和我的新日历
还有新的笔记本
热切地盼望新年

愉快的一天过完
日历的一天结束
一星期，一个月
岁月不停地流走
日历也像落叶
一页一页地坠落

每当一天过完
我的日记本里
有趣的故事
便会不停地增多

仰望太阳

新年第一天
太阳升上天空
射出明亮的光
太阳多么有力

仰望太阳
我在心里想
新年第一天
新的年龄开始了

阳光的力量
足以融化冰雪催生新芽
阳光的力量
足以让五谷成熟果实生长

迎着新年第一天的阳光
我静静地闭上双眼

我心里也升起一个
小小的太阳闪闪亮

长一岁

——您怎么知道
树木的年龄
长了一岁
——因为它的年轮
又增加了一圈

——您怎么知道
孩子的年龄
长了一岁
——你们不再缠着
非要买饼干了

——您怎么知道
弟弟的年龄
长了一岁
——他不再哼哧哼哧
不停地流鼻涕了

——您怎么知道
我的年龄
长了一岁
——你能听父母的话
也不再睡懒觉了

画中的孩子

我画的
碧绿的原野青青的山
一个孩子斜斜地躺在山间
仰望着春日里蔚蓝的天空

那不是我
也不是我的伙伴
只是画中的孩子
可是不知为什么
我们的心是通的

我的名字

月亮知不知道我的姓
月亮知不知道我的名

天空又高又遥远
怎么喊也听不见

我要在下雪的屋顶写名字
姓是一个字,名是两个字

月亮会记住我的姓和名
只要喊我,我就出来玩

第五辑 亲情篇

妈妈星爸爸星

笑

鲜花笑了
香喷喷

美丽的笑
充满整个院落

孩子笑了
甜蜜蜜

可爱的笑
充满整个房间

牛妈妈

宝宝看见妈妈
喊着"妈妈""妈妈"

我家的母牛看见自己的牛犊
叫着"哞哞""哞哞"

小牛犊

"哞,哞!"
走着走着停下来
小牛犊呼唤妈妈

"哞,哞!"
牛妈妈没说话
回声替她回答

"哞,哞!"
小牛犊还以为
那是妈妈的回答

"哞,哞!"
小牛犊继续走向
前面的小山冈

蝉鸣

"知了知了"的蝉鸣
是山谷村庄的摇篮曲

爸爸妈妈下地干活了
宝宝独自在家睡午觉

他在蝉鸣的摇篮曲里入睡
醒来后依然听得见摇篮曲

看家的小花狗
躺在树荫下放心地酣睡

哪怕没有人来观看
向日葵的时钟不停地转

"知了知了"的蝉鸣
响遍了整个村庄

只有片片白云
还在翻山越岭

柳笛

我和弟弟肩并着肩
坐在爸爸耕田的小溪边
我们吹柳笛
嘀哩哩,嘀哩哩
我们吹柳笛

"驾,驾!"
爸爸赶牛耕田的声音
融入我们吹奏的笛声
听起来多么亲切

溪水的窃窃私语声
"哞,哞!"
母牛寻找牛犊的声音
一起融入我们吹奏的笛声
听起来多么亲切

妈妈星爸爸星

夜空里，挂满大星和小星
数一数，一颗星星一个我
妈妈星闪闪烁烁眨眼睛
爸爸星闪闪烁烁眨眼睛

即使没有人理解
我们也懂你的心
妈妈星窃窃私语
爸爸星窃窃私语

风筝

姐姐的风筝像盾牌
我的风筝尾巴长
我们打赌吧
哪个风筝飞得高

姐姐的风筝像盾牌
滴溜溜转不停
我的风筝尾巴长
飞得快又高

新年礼物

妈妈送我的新年礼物
是十二色的蜡笔

绿色的蜡笔有草的味道
红色的蜡笔散发着花香

虽然是新年
山野里依旧荒凉

我要在洁白的纸上
画出崭新的春天

心灵之钟

如果把脸埋在妈妈的怀里
那里有个嘀嗒嘀嗒的钟表

如果把手按在自己的胸口
那里也有个嘀嗒嘀嗒的钟表

永不停歇准确运行的钟表
那正是我们的心灵之钟

快乐的家

晨曦夺目的时候
围坐在饭桌边的笑脸
闪烁的眼睛里燃烧着希望
今天我一定要过得有意义

晚钟敲响的时候
团聚的家人幸福的脸庞
今天的故事里鲜花盛开
宁静的心里,爱在绽放

致妈妈

一年三百六十五天
我们怎能片刻忘记
妈妈的爱和辛苦

像大海里的鱼
并不知道水的恩惠
我们也常常
忽视了妈妈的爱

像春光让五月冒出新绿
让蓓蕾生长绽放
我们每天都在妈妈
温暖的手里成长

一年三百六十五天
只有一天被确定为母亲节
仔细想想妈妈的爱和辛苦
再想一想如何报答
然而这样的想法多么可笑

妈妈
我们在这样的日子里
更深地感受着妈妈的爱
下定决心做个好孩子
妈妈一定要健康长寿
亲眼看着我们长大
这才是对妈妈最好的报答

野草莓

1
藏啊藏啊藏到叶子后面熟透了
路过的旅人看见熟透的野草莓
摘还是不摘?犹豫片刻他走了

叶子后面的草莓悄悄地成熟了
可爱的诱人的野草莓啊
他忍着没摘,就那么走过去了

2
有野草莓的地方就会有蛇
哥哥这么说,我也不上当

他是怕我跟着去
所以才会这么说

可是我很想很想上山
我要跟着姐姐摘草莓
还要采桔梗和百合

肥皂泡

想念姐姐的日子
我坐在墙角
静静地吹着泡泡

泡泡里
有七色的彩虹
有我缠着撒娇的
姐姐的裙角

我要起身去抓
我想念的裙角
立刻无声地消失了

爷爷和菊花

隔壁的老爷爷
胡子白得像菊花

今天给花浇水
爷爷久久地
无声无息地
注视着
洁白的菊花

隔壁的老爷爷
好像没有孙儿
他要是我的爷爷该多好

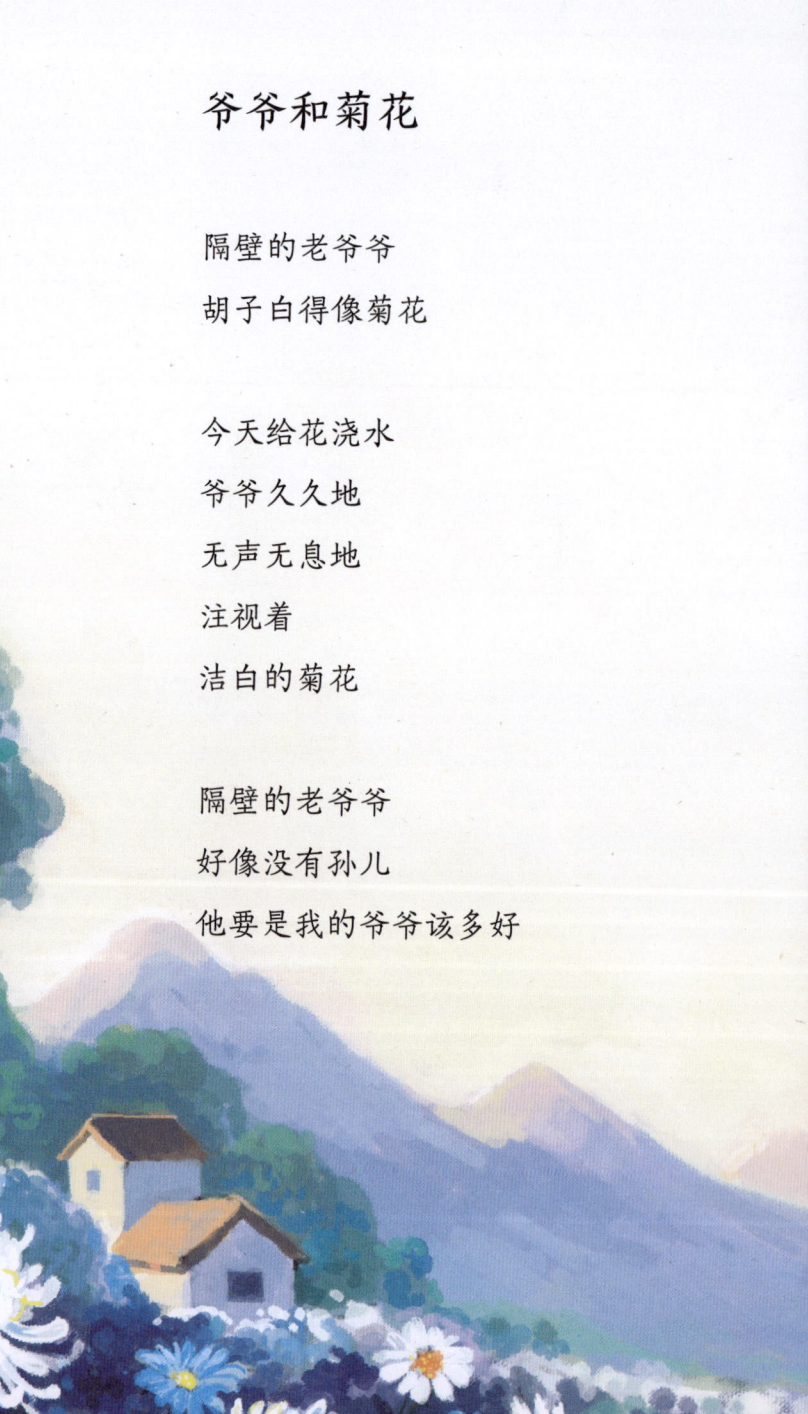

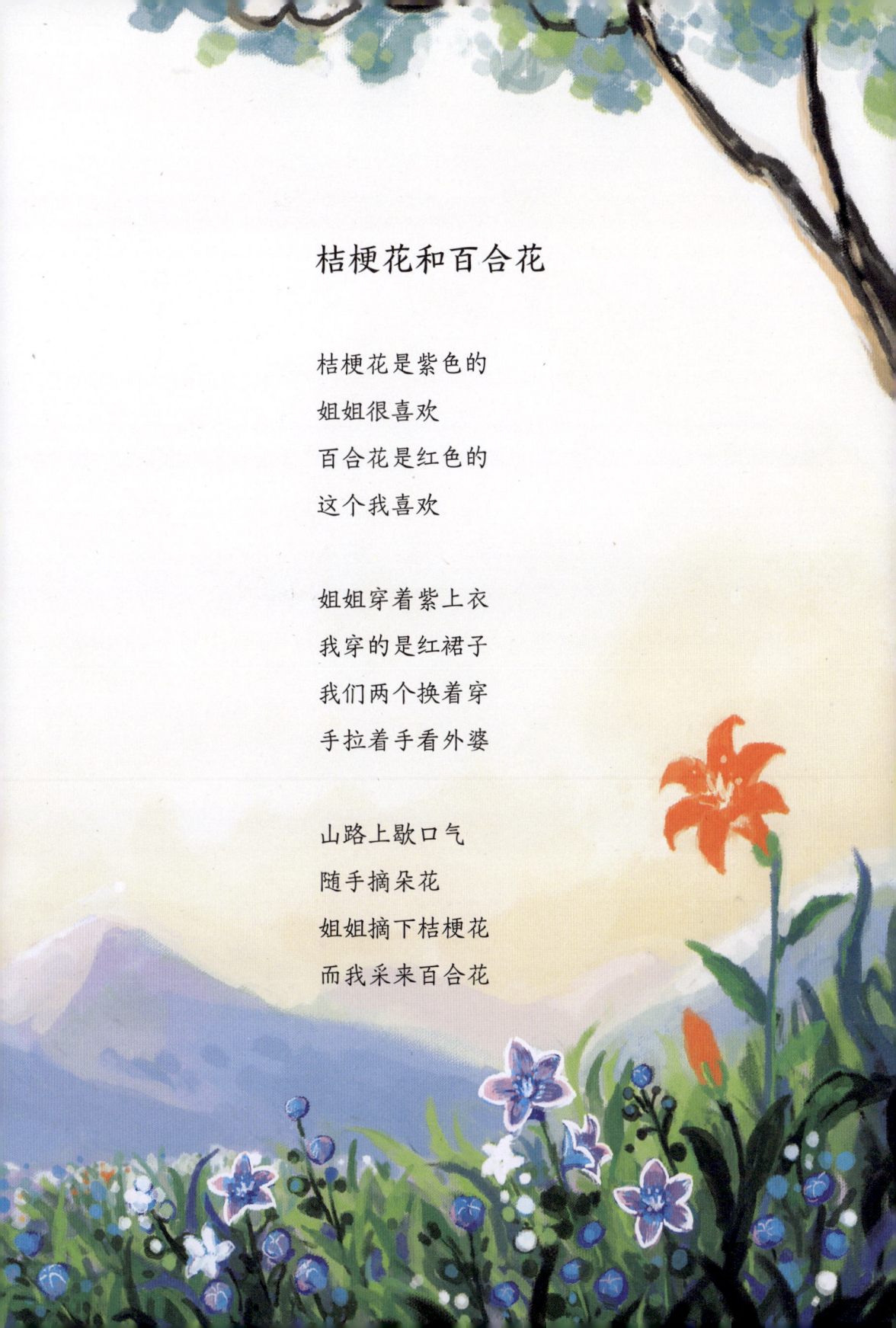

桔梗花和百合花

桔梗花是紫色的
姐姐很喜欢
百合花是红色的
这个我喜欢

姐姐穿着紫上衣
我穿的是红裙子
我们两个换着穿
手拉着手看外婆

山路上歇口气
随手摘朵花
姐姐摘下桔梗花
而我采来百合花

一年级

奶奶戴眼镜
弟弟也戴眼镜
两人面对面
坐着读书

奶奶的眼镜是老花镜
弟弟的眼镜是高粱秸
两人面对面
坐着读书

奶奶读一年级
弟弟也读一年级
两人面对面
坐着读书

银杏树下

曾经,银杏树下
一起走过你和我

每当我独自走过
偶然间停下脚步

一阵风吹来
吹落银杏叶

而我假装不知道
悄悄走过银杏树下

我的故乡

白雪覆盖的山谷
多么美丽的风景画

如果野兔蹦蹦跳跳
如果松鼠沙沙奔跑
山谷变成移动的画卷

如果野鸡喊出回声
如果山鸟弹奏木琴
啊,欢快的音乐电影
是我白雪皑皑的故乡

梦的故事

娃娃啊,娃娃
陪我说说话吧
那个下雪的晚上
你做了什么梦啊

一个梦里
树林里的小溪水
追赶着凤蝶
玩着捉迷藏游戏

一个梦里
春天唱着歌
肩并肩走过
蒲公英的传说

那是我们俩
才知道的梦
骄傲地告诉
你的伙伴吧

雪夜

1
没有言语
没有声音
下雪的夜晚

姐姐睡着了　　　　　　没有言语
妈妈睡着了　　　　　　没有声音
　　　　　　　　　　　下雪的夜晚

　　　　　　　　　　　我想和我
　　　　　　　　　　　说说话

2
每逢雪夜总是给我
讲有趣故事的奶奶
去了遥远的
遥远的天堂

今天晚上
奶奶的故事　　　　　　此刻
化作洁白的雪花　　　　我坐在窗边
纷纷扬扬　　　　　　　手托下巴
飘落在我的窗前　　　　静静倾听奶奶的故事

3
洁白的雪花
飘飘洒洒的夜晚
灯下的我变成了
罗丹的另一个思想者

——白雪皑皑的村庄啊
飞过树林的美丽山鸟啊
我那善于追逐野兔的伙伴啊
你们大家都好吗

今夜，我再次
独自坐在下雪的窗边
我的思绪翩翩飞翔
飞向我心爱的故乡

4
白雪无声无息
下了一整夜

圣诞爷爷
应该准备好了
巨大的雪橇

这个夜晚
我也要写长长的信
寄给避难时结识的
远方的伙伴

呼吸

爸爸睡着了
呼噜噜
妈妈睡着了
呼呼呼
宝宝睡着了
嘘嘘嘘

我睡觉的时候
发出什么声音
快快入睡吧
我要听一听

娃娃的摇篮曲

"宝宝,睡吧,
睡吧,宝宝。"
我经常为宝宝
唱起摇篮曲

"宝宝,睡吧,
睡吧,宝宝。"
宝宝的双眼
亮得像灯笼

"宝宝,睡吧,
睡吧,宝宝。"
唱着摇篮曲
我先睡着了

"宝宝,睡吧,
睡吧,宝宝。"
娃娃轻轻地
学着唱

摇篮曲

蝴蝶飞上宝宝熟睡的脸
亲吻美丽如杜鹃花的脸
如果吵着闹着不睡觉
蝴蝶就要飞走了
摇啊摇，我的宝宝睡着了

蝴蝶带来青鸟的翅膀
想要送给睡梦中的宝宝
如果吵着闹着不睡觉
青鸟的翅膀不会来
摇啊摇，我的宝宝睡着了

宝宝啊飞吧，飞向星星和月亮
玉兔在桂树的阴影里跳舞
安心睡觉吧，你会飞向梦之国
摇啊摇，我的宝宝睡着了

译后记

泉眼无声惜细流

每次开车出门,我总是情不自禁地感叹,怎么满大街都是我这个牌子的车啊。领着孩子出门玩耍,我也感觉公园里都是跟我家宝宝差不多大的孩子——关心什么就会看见什么,这是普遍的规律,还是我自己的独特发现呢?也许这并不是什么发现,只是我想得多。然而类似的事情如果反复发生,那就只能说是规律了。

比如,有"韩国安徒生"之称的姜小泉。

最早留意到姜小泉,应该是十三四年前的事了。那时刚来北京,如饥似渴地补充韩国文学知识,大量阅读韩国作家的名本佳作,很自然地就保存了许多姜小泉的童诗。不过也仅仅是保存,并没有做深入研究,更不用说翻译了。

当时的氛围倾向于追逐"韩流",所以我也只是力所能及地译介几部好读些的文学作品,对于童诗,不光我没有把握,很多出版社也不感兴趣。当然,更重要的原因还是我的童心。那时,我自己的那份童心早已逝去,我家宝贝们的童心——哦,对了,那时她们还没出生。

再度拾起姜小泉的诗,翻出来重读,感觉已大不相同。显然,这是因为我的童心又回来了。应该感谢我的女儿们,是她们唤醒了那个在我身体里沉睡的"孩子"。

童心即诗心

儿童文学作家的童心不是硬写出来的,更不是靠"装嫩"装出来的,而是"豪华落尽见真淳""未教朱紫污天然"。细细品味姜小泉的作品,明媚童心恰如清潭见底。他对自然和生活的感触,应该看作其童诗的底色。比如《鹿角》:

  小鹿啊,小鹿啊
  你的角什么时候发芽

  小鹿啊,小鹿啊
  你的角什么时候开花

又如《蜗牛》:

  脑袋那么小
  竟然还长角
  蜗牛啊
  你都没法戴帽子

  那么漂亮的贝雷帽
  扔了多可惜

干脆放在背上
　　背着走来走去

　　我轻声朗诵这些诗的时候，四岁多的小女儿听得哈哈直笑，她肯定是体会到了诗里的童心，产生了同声相应的共鸣。她不会知道这就是诗歌，而且是来自半个世纪之前的韩国诗歌，需要经过翻译的手，完成两种语言的转换。她之所以会心发笑，想必是感受到同龄的孩子相对嬉戏、嘤咛耳语的欢乐。

　　至于十岁的大女儿，她听了频频点头，若有所思，估计她是在琢磨诗人落笔的妙处，修辞手法的独到，文字的精练，因为她正在学诗的阶段。而我自己暗自掂量，感觉模仿不了这样的写法，自然是我不具备这样的诗心。

　　童心不老，亦无疆。

童诗之美

　　如果说观察、描摹和感受是童诗的出发点，那么优秀的童诗还应具备启发和引领的功能，当然这个功能要不着痕迹，如羚羊挂角，如惊鸿照影。姜小泉便是此道高手，他善于捕捉事物的形象细节，再加以合理的联想，很适合引导孩子去大胆地想象。

　　如《空水缸》：

　　清清的水
　　倒满空缸
　　白云飘飘

在这休息

清清的水
倒满空缸
月亮嬉戏
照着镜子

又如《回声》：

我能遇见我自己
只有站在镜子前

哦，还有另一个办法
那不是用眼看的镜子
而是用耳朵听的镜子

我是你——（我是你——）
你是我——（你是我——）

回声
回声是声音的镜子
也是我心灵的镜子

姜小泉痴迷于"影子""回声"，多首诗歌里都出现了这两个意象。

细细玩味,我们很容易发现"影子"和"回声"都被诗人赋予了"镜子"的功能。阿根廷诗人博尔赫斯说:"做梦是奇怪的,照镜子同样奇怪",那是因为他发现了镜子的虚构和复制功能,进而宣布这种功能的无意义。为了满足童年的好奇心和探索欲,姜小泉只是采纳了镜子的反射和反映功能,从而帮助孩子完成对自我的观察和认知,感受到童年也是要慢慢长大的。除此之外,心灵何尝不是外在世界的镜子呢?就像《春天的消息》:

  静静地
  侧耳倾听
  遥远的山谷里
  雪在融化,哗哗

  静静地
  侧耳倾听
  树林里田野里
  草在发芽,沙沙

  静静地
  侧耳倾听
  村庄里学校里
  我们在茁壮长大

我们倾听外面的声音,观察世界的形象,投射在内心深处,反照

出来的形象却因人而异,这份差异便是自我的生成。姜小泉作品中的叙事主人公有很多都是这样善于观察和倾听的孩子,他们睁大眼睛,竖起耳朵,满怀虔诚,充满好奇地接收着来自世界的信息。就像《日记》:

走过沙滩
后面留下什么

走过雪地
后面留下什么

两行脚印
那是我的脚印

这首诗清晰地呈现出由观察向思考,由模仿到创造的转变轨迹。从阅读效果来看,诗人从沙滩上、雪地里的脚印联想到自我的成长,虽是简简单单的两问一答,却必然会在小读者的心中激起回响。这里包含着朴素的反省,翻译过程中我就深有体会。自我反省对于今天的孩子来说尤为重要,因为很多人成长得过于顺利,过于自我,常常忘了或者根本不去思考世界和自我的关系。而读姜小泉的诗,恰恰会帮助我们认知这些关系。就如《霜花》:

冬天的夜晚
霜花多美丽

玻璃窗上
画出天之花

寒冷的冬夜
我也能赏花

  这首小诗短小精悍，写出了岁月酝酿寒冷化作美丽的奇迹，恰恰是外部世界经过心灵投射的结果，显露出苦中作乐的精神，而这种精神是永不过时的，任何时代都需要，任何时代都能打动人。

  阅读和翻译的过程中，我也试着比较姜小泉和日本诗人金子美铃、中国台湾诗人林焕彰的作品。这些人的作品之所以历久弥香，字句之美倒还在其次，最重要的却是他们都有这样的精神：真真切切的乐观，踏踏实实的温暖。普通的词语得以在他们的笔下变得亲切动人。也许，这就是童诗之美吧。

黑暗中童心的守护者

  我们读着这样栩栩如生的诗句，这样新鲜动人的诗意，谁能想到作者已经过世半个世纪了呢？仔细想想姜小泉的创作之路，我越发感觉到这份童心来之不易、保管不易。

  1915 年，姜小泉出生于咸镜南道高原郡水洞面弥屯里，他是家中二男四女中的次子，本名姜龙律。十七岁那年入读咸兴永生高中，酷爱文学的他开始崭露头角，在儿童杂志《新少年》发表了《春天来了》《无穷花上的蝴蝶》两首童诗。这期间他正式取笔名为姜小泉——一个在未来闪耀韩国文坛的名字。二十岁时,日本殖民统治者在朝鲜半岛推行奴化教育,姜小泉无法继续读书,便到中国吉林东部地区流浪了一年,这时候他在文学上最大的收获是创作了童诗代表作《鸡》,两年后发表于《少年》杂志。1939年,二十五岁的姜小泉创作力爆发,开始创作童话、儿童小说,发表了大量优秀作品。1941年,姜小泉出版了第一部诗集《南瓜花灯笼》,奠定了他在文坛的地位。此后他一边从事教学工作,一边源源不断地推出新作,并参与语文教材的编纂。

1953年姜小泉相继出版童话集《花鞋》和《迎春花和杜鹃花》,并担任韩国文学家协会儿童文学分会委员长。1954年创立韩国儿童文学研究会,出版《姜小泉少年文学选》,此后六年一直担任《新伙伴》杂志的主编。1957年参与起草韩国《儿童宪章》。1959年担任梨花女子大学讲师,首次将儿童文学纳入韩国大学正式课目,并担任国家教科书编纂委员。1960年出版童话集《没有应答的回声》,开始在报纸上连载长篇童话《春天呼唤你》,当选韩国儿童文学研究会会长。1962年当选韩国文学家协会理事,出版《韩国儿童文学全集(姜小泉卷)》。1963年出版童话集《母亲的肖像》和《思念的回声》,同年5月6日去世。

姜小泉先生去世之后,他的文学作品仍被韩国人民奉若珍宝。1963年,由韩国文化部主办的第二届大韩民国文艺奖的主奖授予了姜小泉。1965年,韩国设立"姜小泉儿童文学奖",如今已成为韩国儿童文学领域的最高奖项。1985年,姜小泉被追授总统金冠文化勋章。1987年,姜小泉文学碑在首尔市儿童大公园揭幕,他的成就和殷殷爱国心被韩国人民永远铭记。

姜小泉的童年和青少年时代,恰好是日本在朝鲜半岛推行殖民统治的时代。每个心有良知的爱国人士都遭受着双重痛苦，一种是肉体上的摧残，一种是精神上的亡国之痛。日本统治者强迫朝鲜半岛人民学习日语，试图消灭本土语言文字，半岛面临着亡种危机。革命者用刀枪作反抗，文学家奉文字为旗帜。从这个意义上说，姜小泉在那样的岁月里坚持创作童诗童谣，执着地让半岛未来的主人公们记住祖国的文字、祖国的感情，这何尝不是无声的反抗？

这来自岁月深处的文字和感情，也许更能体现童心的本味，给我们今天的读者以童年的天真滋味。姜小泉先生去世半个多世纪后的今天，他的诗歌终于呈现在中国小读者面前。作为译者和编者，我感到莫大的荣幸，翻译过程中反复斟酌，力求呈现姜小泉诗歌的原貌，更要兼顾今天的汉语小读者。

这部汉译诗集参考了姜小泉先生的多部诗集，考虑到两国文化间的差异，特意选取更符合中国小读者阅读习惯和审美风格的作品，分为"自然篇""游戏篇""童梦篇""成长篇""亲情篇"五个小辑，呈现给中国小读者。

为了增强诗集的阅读效果，读蜜传媒专门绘制了大量精美插图，清晰优美地呈现出了姜小泉先生的诗歌世界。诗中有画，画中有诗，相信小读者们在阅读时，会得到视觉与心灵的双重享受。

掩卷之余，感慨良多，除了向姜小泉先生杰出的创作精神和不朽的文学精神致敬，也要向所有的儿童诗人致敬，作为喧嚣文坛中最沉静的部分，他们的存在就像无声的泉眼，默默地奋发喷涌，用甘甜的泉水，滋养成长路上饥渴的心灵。

翻译过程中，我的脑海里不时冒出南宋诗人杨万里的名句：泉眼无声惜细流，树阴照水爱晴柔。希望姜小泉作品带来的这股清清泉水，流进中国儿童的心里，滋养他们的心田，绽放美丽的花朵。

最后，衷心感谢韩国文学翻译院在本书翻译和出版过程中给予的鼎力支持。

薛舟

2019年9月 北京

编者补记

  为了让孩子们更"立体"地感受诗意,倾听童诗的声韵之美,我们邀请著名的诗歌公众号"读首诗再睡觉"的27位朗读者,还有译者薛舟一家,作家怀旧船长的女儿朦朦,围棋小天才杨子阅和他的妈妈,一起选读了诗集中的50首诗。在此特别感谢每一位朗读者。

  这些童诗的朗读音频,已经上传到了"喜马拉雅"(www.ximalaya.com)网站上,读者通过关注公众号"读蜜",或者在"喜马拉雅"上搜索"读蜜",都可以找到这些音频,免费收听。

  祝您有一段愉快的诗享时光。

  后面附上听诗指引。

读蜜童书馆

2019年11月19日

听诗指引

（以诗歌在书中出现的页码顺序排列）

鹿角 _003
朗读者：李昕怡

夏天 _033
朗读者：徐安

长颈鹿 _007
朗读者：格雷斯

彩虹 _034
朗读者：笛笛、鳜鱼

喇叭花 _011
朗读者：大顺

骆驼 _035
朗读者：无语僧

南瓜 _016
朗读者：李昕怡

白杨树 _036
朗读者：流马

风 _026
朗读者：杨子阅和妈妈

秋风 _040
朗读者：小嘉

三月 _029
朗读者：徐安

初冬 _042
朗读者：饶舌的哑巴

下雪的日子 _044
朗读者：Dye

兜风 _062
朗读者：HT

火车游戏 _050
朗读者：粉团儿

折纸 _071
朗读者：格雷斯

跷跷板 _051
朗读者：粉团儿

山坡路 _078
朗读者：冬瓜糖

我们去看海 _052
朗读者：薛舟、徐丽红、笛笛

毛毛雨 _084
朗读者：蔡天奇

小小的天空 _055
朗读者：扎西卓玛

回声 _088
朗读者：王威

小纸船 _056
朗读者：彭艳戎

两个天空 _089
朗读者：天水

悄悄话 _057
朗读者：扎西卓玛

小鸡上学 _091
朗读者：朵朵

蟋蟀来电话了 _094
朗读者：艨艨

玉兔 _109
朗读者：艨艨

夏夜的梦 _097
朗读者：金马洛

谁把我画进这幅画 _111
朗读者：金马洛

海浪 _098
朗读者：阿壳

蒲公英 _115
朗读者：勿丢丢

星星 _101
朗读者：蔡天奇

一颗星星一个我 _116
朗读者：钟平

空水缸 _103
朗读者：冬瓜糖

树木和我 _120
朗读者：丁丁

影子和我 _104
朗读者：五重

什么样的味道飘过来 _135
朗读者：勿丢丢

月夜 _107
朗读者：秋如线

今年 _136
朗读者：杨子阅

长一岁 _142
朗读者：点眉石

画中的孩子 _144
朗读者：王威

我的名字 _145
朗读者：丁丁

新年礼物 _156
朗读者：金马洛

心灵之钟 _157
朗读者：五仁

桔梗花和百合花 _163
朗读者：小嘉

梦的故事 _167
朗读者：某四

雪夜 _168
朗读者：金马洛

娃娃的摇篮曲 _173
朗读者：金马洛

摇篮曲 _174
朗读者：金马洛

图书在版编目（CIP）数据

蟋蟀来电话了 /（韩）姜小泉著；薛舟译 . — 杭州：浙江文艺出版社, 2020.1
ISBN 978-7-5339-5908-1

Ⅰ.①蟋… Ⅱ.①姜…②薛… Ⅲ.①儿童诗歌-诗集-韩国-现代 Ⅳ.① I312.682

中国版本图书馆 CIP 数据核字 (2019) 第 234268 号

本书获得韩国文学翻译院的资助。

总 策 划	读蜜传媒
责任编辑	瞿昌林
特约编辑	邵海丛
装帧设计	斐一龄
排版制作	思　颖
责任印制	张丽敏

蟋蟀来电话了

（韩）姜小泉 著　薛舟 译

出版发行	浙江文艺出版社
网　　址	www.zjwycbs.cn
联系电话	0571-85152727
经　　销	浙江省新华书店集团有限公司
印　　刷	杭州富春印务有限公司
开　　本	710 毫米 ×1000 毫米　1/16
字　　数	100 千字
印　　张	13
版　　次	2020 年 1 月第 1 版
印　　次	2020 年 1 月第 1 次印刷
书　　号	ISBN 978-7-5339-5908-1
定　　价	68.00 元

版权所有　违者必究
（如有印装质量问题，请寄承印单位调换）

读蜜童书馆 ｜ 读蜜传媒旗下童书出版品牌
总策划 ｜ 读蜜传媒　　监制 ｜ 金马洛
合作邮箱 ｜ dumi@dumilife.com　　团购电话 ｜ 010-67278216
版权合作 ｜ dumi@dumilife.com